우리의 세상

# 우리의 세상

발행일     2019년 1월 18일

지은이     이광렬
펴낸이     손형국
펴낸곳     (주)북랩
편집인     선일영                                편집   오경진, 권혁신, 최승헌, 최예은, 김경무
디자인     이현수, 김민하, 한수희, 김윤주, 허지혜      제작   박기성, 황동현, 구성우, 정성배
마케팅     김회란, 박진관, 조하라
출판등록   2004. 12. 1(제2012-000051호)
주소       서울시 금천구 가산디지털 1로 168, 우림라이온스밸리 B동 B113, 114호
홈페이지   www.book.co.kr
전화번호   (02)2026-5777                         팩스   (02)2026-5747

ISBN      979-11-6299-508-2 03810 (종이책)        979-11-6299-509-9 05810 (전자책)

이 도서의 국립중앙도서관 출판예정도서목록(CIP)은 서지정보유통지원시스템 홈페이지(http://seoji.nl.go.kr)와
국가자료공동목록시스템(http://www.nl.go.kr/kolisnet)에서 이용하실 수 있습니다.
(CIP제어번호: CIP2019000838)

**(주)북랩** 성공출판의 파트너

북랩 홈페이지와 패밀리 사이트에서 다양한 출판 솔루션을 만나 보세요!

**홈페이지** book.co.kr   •   **블로그** blog.naver.com/essaybook   •   **원고모집** book@book.co.kr

# 우리의 세상

○ 이광렬 시집

북랩 book Lab

# PROLOGUE

누구나 일기를 쓰듯 수필이나 시로 표현할 수 있
다. 시를 쓴다는 자체가 어렵다고 생각하는 선입견을
해소하고 마음만 먹으면 무엇이든 노래하듯 시로 옮
길 수 있다는 자신감을 보이려 노력했다. 일상생활 속
의 흥얼거리는 모두가 노래 가사가 되고 시가 되는 것
이다.

시간이 지나면 잊어버리기 때문에 그 순간 느낀 감
정을 글로 옮기는 습관이 중요하다. 아무리 쉬운 단
어라도 갑자기 생각나지 않을 때를 경험했기에 마음
에 와닿는 한 단어가 중심 단어가 되고 시어가 되는
것을 깨닫게 되었다. 어느 순간 습작 시가 수정되어
형태를 갖추며 기억에 남는 시로 탄생할 때가 있다.

주로 『삼국유사』의 고장, 고향 군위에서 평생 살면서 자연을 노래하거나, 자랑스러운 우리 대한민국을 사랑하는 마음, 나라를 수호하기 위해 희생한 선열들을 기리는 한편 살아오면서 추억 속에 묻어둔 크고 작은 일들에 대한 회상, 간혹 누군가의 상황을 대신 느낀 감정을 나만의 심정으로 표현했다.

　처음부터 끝까지 지루하지 않게 읽을 수 있는 쉬운 글이 독자와 더 가까워질 수 있고 공감을 줄 수 있다는 확신으로 썼다. 다소 미흡하거나 아쉬움이 있더라도 가볍게 감상해 주시길 간절히 빈다. 삽화도 더 근접하게 표현하고 재미를 한층 높이고자 직접 그렸다.

　아마추어 작가의 다듬어지지 않은 솔직담백함이 독자에게 더 다가갈 수 있을지도 모른다는 작은 꿈을 안고, 훗날 마음에 와닿는 글을 쓰기 위해, 오늘도 일기를 쓰고 습작 시를 남기고 있다.

2019년 1월
이광렬

# CONTENTS

# 우리의 세상

눈을 감고 찾아간다
가고픈 어디라도…

희망봉에서 내려다본
태평양 대서양 인도양
세 대양이 합류하는 곳
돌고래처럼 솟구쳐 올라
온 바다를 누빈다

히말라야 에베레스트 정상
눈 아래 설산의 봉우리들
반사된 은빛 빛줄기
우주 공간으로 쏘아 올린다

북극점을 밟으며
빙빙 제자리 돌아본다
팽이처럼 빙글빙글
지구도 돌고 나도 돌고

남극 세종기지 앞
펭귄과 친구 되어
빙판 위에서
신나게 얼음을 지친다

펼쳐 본 세계지도
흥망성쇠 거듭하며
오늘을 지킨 많은 나라들
약육강식 자연의 법칙
일찍 깨친 선진국들

어두운 우리의 역사
되찾지는 못해도
더 이상 잃을 수는 없다
신비로운 백두산 천지
강치의 낙원 독도
인어가 손짓하는 이어도
지금처럼 영원히 우리와 함께

그 옛날 고구려 백제 땅 그리며
넓고 끝없는 대륙 바다의 끝
상상이 꿈이 되고
면 훗날 현실이 되길
세계를 지배하는 우리 젊은이들
세상의 중심이 되는 우리 문화
인류를 한데 모으는
꿈과 희망이 가득한 나라가 되리…

우리의 세상

# 독도

역사의 시작부터
꿋꿋이 이어 온
찬란한 동해바다
대한민국의 시작을 알리며
힘차게 떠오르는 태양
이글거리는 붉은 물결
불꽃처럼 피어나는 우리 가슴

높푸른 상공을 둘러보며
끼룩끼룩 노래하는 괭이갈매기
동도 서도를 오가며
마음껏 활보하는 강치
서로 화답하듯
하늘의 주인
바다의 주인이라 으스댄다

왕해국 갯메꽃으로 단장한
아름다운 우리의 섬
모두가 사랑하는 청정해역
언제나 마음속에 있어
바다새 물고기 뛰노는
무한한 자원의 보고
영원한 우리의 중심

늘 네 곁에 가고 싶어
거친 파도 가르며
단숨에 달려가
정상에 올라서서
저 넓은 태평양을 향해
원대한 꿈을 그리며
영원한 대한의 영광을 기원한다

우리의 세상

# 사자탈춤

쿵덕기 쿵기덕 얼쑤
쿵덕기 쿵기덕 얼쑤


쩔레쩔레 요리조리
머리를 좌우 위아래 흔들며
땅이 꺼지게 포효한다
이 세상은 내가 지배하노라
여지없이 된통 당하는
까불던 원숭이 한 마리


쿵덕기 쿵기덕 얼쑤
쿵덕기 쿵기덕 얼쑤


끄윽 배 채우고 나니
힘이 솟구친다
격렬해진 몸짓
쩌렁쩌렁한 울부짖음
"이제 알겠느냐?
나는 밀림의 왕이다"

쿵덕기 쿵기덕 얼쑤
쿵덕기 쿵기덕 얼쑤

관중들의 환호
혼을 빼앗는
격한 춤사위
계속되는
신명나는 추임새
모두가 하나가 되어

쿵덕기 쿵기덕 얼쑤
쿵덕기 쿵기덕 얼쑤

우리의 세상

# 거미

열심히 줄을 친다
한나절 걸린 그물망
삶의 터전이다

닿기 싫어
홱 걷어 버리면
다시 그물을 친다

숨어서 기다리면
퍼덕이는 희생물
파리 모기 나비 벌…

둘둘 감아
저장고에 보관하듯
느긋이 만찬 기다리네

자연의 일원인
흉물스런 네 모습
이로울까? 해로울까?

겨울엔 사라졌다
봄이 오면
벌레들과 함께 나타나

너는 네 삶을
벌레도 그의 운명을
나는 또 관찰자 된다

우리의 세상

# 수국

벙글벙글 목수국
주렁주렁 수백 송이
모란이 진 빈 자리
몽글몽글 피어나
휘어지는 몇 가지
툭툭 꺾어다가
식탁 테이블 위 어디에도
뭉게구름 한 다발
내 마음도 구름처럼 가벼워진다

창문 두드리며
종일 내리는 봄비
가슴으로 흘러내려
그립고 그리워도
다시 못 올 그 사람
비오는 봄날
화병 속 목수국 한 다발
마음 헤아리는 듯
허전한 날 위로해준다

비 내리는 창 너머
수국들을 둘러본다
봄비 머금어
환한 흰 수국
밝게 펴진 얼굴로
어둡고 적막한 거실
창가에 홀로 서서
너와 함께
비 내리는 봄을 즐긴다

우리의 세상

# 무궁화

섬세하고 아름다운
별처럼 영롱한
미소 머금고
언제나 친숙한
예뻐서 수줍은
만인의 꽃
우리 무궁화

가끔 보아도
마음속에 담아
오래 간직하고 싶어
화려한 듯 수수한
가슴 설레는
꽃 중의 꽃
우리 겨레의 꽃

아픔 간직한 채
외로움과 싸우며
그리움과 기다림
고이 안은 채
희망 심어주고
영원을 꿈꾸는
우리 혼이 서린 너

우리의 세상

# 은행나무

세찬 바람 찬 이슬
우수수 떨어져
푹신푹신 양탄자
앙상한 가지와 노오란 융단
겨울의 전주곡인가…?

청록의 영양소
찡그리게 하는 체취
좋은 건 좋은 거고
싫은 건 싫은 것
마음 넓은 네가 이해하렴

바람에 흩날리며
수북이 쌓여
겨우 내내 이불 되었다가
이듬해 거름으로
모두 다 기름지게 해

한 소쿠리 모은 열매
한 알 한 알 터뜨리면
툭 툭 튀는 과즙
널 지키는 역겨운 냄새
난 싫지가 않아

누군가 먹는 생각
누군가 누릴 건강
씻고 또 씻고
헹구고 또 헹구어
깨끗한 열매로 탄생해

싱그러움과 건강 지킴이
책갈피에
노오란 잎 끼워 넣고
다음해를 기약한다
돌고 도는 너의 운명

# 백합

때 묻을까 두렵다
흰 얼굴
가는 목
예쁘고
가냘픈
고개 숙인 네 모습
고이 안고 싶어라
맑아지는 내 영혼

환한 얼굴
수줍음 머금은 채
떠나가 버려
쌓인 그리움
가슴에 담아
정인을 기다리듯
다음해 기약하며
이별을 알린다

# 자두밭

강둑 위
산자락 과수원 뒤덮은
하얀 자두 꽃
고요한 호수에 비치어
꽃잎으로 가득 찼네

건너편 호숫가
지난해 마른 갈대
봄의 환희 스산한 고요
조화를 이룬 듯
봄기운을 질투하네

과수원 옆 인적 없는 농로길
봄을 노래하는
자두 꽃과 친구 되어
적막함 떨쳐내고
봄의 정취 앞당기네

# 독립유공자의 후손들

독립을 향한 절규의 함성
귀를 울리는 만세소리
옥고를 치른
이름 모를 수많은 애국지사
형언할 수 없는 고문 두려움 안고
형장의 이슬로 사라지는 순간까지
못다 이룬 꿈
꺼지지 않는 불씨가 되어
활활 타오르길 기대하며
꿈에 그리던 광복 못 본 채
구천을 떠돌고 있다

온 세기 지났건만
선조들의 얼 이어받아
애국심 자긍심 용솟음친다
뿌리는 있으나
가지가 빈약해
가진 것 죄다 몰수당한 선조
고달픈 삶 견뎌온 후손들

배움의 기회 너무 열악해
가난에서 벗어나기 힘든 수렁
여전히 힘겨운 삶

기회주의자는
예나 지금이나
여전히 잘 살고 잘 지내고
조상들 미화하기에 혈안이다
목숨 바친 애국지사
오로지
대한민국 안녕만을 기원하며
이 한 몸 흙이 된들
조국의 영원한 영광만 꿈꾼다
힘들게 지켜온 우리 대한민국
선열들의 살아 숨 쉬는 영혼
잊지 말고 기리자!

우리의 세상

# 친구

산골짝 깊은 골
새소리 바람소리뿐
평생 꿀벌과 함께한
검붉은 피부 거친 손
자랑스러운 훈장이다
늘 함께해도
느끼지 못한 공기와 같아

아카시아향 가득한
싱그러운 오월
향긋한 꿀향 꿀맛
매년 봄이
기다려지는 이유이다
풍작을 위한 바쁜 손놀림
함께 풍요로워져

청명한 하늘 아래
수확 후의 여유로움
채취한 야생송이 능이버섯
삼겹살에 곁들이고
들이키는 머루주
그대의 색소폰 연주
불편한 상념 사라지는
무릉도원이 바로 이곳인가?

# 가을 잎 지듯이

가을 잎 지듯이 떠나가 버린
미움만 남기고 간 슬픈 님이여
잊으려 하면 떠오르는
따뜻한 숨결 아늑한 손길
애절히 바라보는 눈길
그리워 바라본 하늘
정처 없이 떠 가는 구름아

구름 뒤 숨은 달님의 미소
님 찾아 헤매는 나를 부르듯
멀리서 이리 오라 손짓하네
따라가면 멀어져 가는
꿈결 속을 걷는 여인아!
스산한 깊은 가을바람
비통한 그리움만 쌓인다

가을 잎 지듯이 사라져 버린
애수에 잠긴 달빛 여인아
지그시 감은 두 눈
방울방울 고인 눈물
두 뺨 스치는 찬바람은
호된 꾸짖음인가?
끊임없는 그리움인가?

가을 잎 지듯이 날아가 버린
애증만 남겨준 아픈 님이여
두 손 움켜쥔 가슴
절레절레 고개 흔들며
물끄러미 바라본 하늘
형상 없는 님 그리며
적막 속 우수에 잠긴다

# 그때 그 자리

그녀 떠나간 그 자리
다시 돌아와
바라보았습니다

그곳을 지나면
그녀의 발자취
생생히 떠오릅니다

왜 아무 말 못 했을까?
사무친 그리움
따스한 미소 그려 봅니다

긴 세월 흘러도
그녀는 그 자리에
변함없이 서 있습니다

그리움이 서러워
애태우는 내 맘
알 리 없습니다

붉어진 두 눈 감추며
못 올 님 그리며
다시 또 찾아갑니다

우리의 세상

# 미소 짓는 님 생각하며

망망대해 헤치며
난생처음 내딛은
미지의 세계
따뜻한 차 나누며
미소 짓던 당신
새록새록 피어나는
희망의 불씨가 되어
새 삶을 밝히는
길잡이가 되었습니다

바쁘게 살아온 인생길
이따금 나누는
반가운 눈인사
가슴에 새겨졌어요
세상에서 가장 두려운
혼자만의 외로움
운명이라 여기며
고독을 벗 삼아
지금까지 이겨냈습니다

마음속 한편에
차지한 당신의 미소
이제야 깨닫습니다
외로운 내 가슴에
떠오르는 누군가가 있어
행복하다는 것을
종종 받는 메시지는
님의 마음, 님의 철학…
함께여서 행복합니다

아픔 딛고 일어나
헤쳐 가는 삶의 현장
나와 가족을 위함이고
살아가는 이유입니다
활기 찾은 님의 얼굴
모두의 기쁨이고
절실한 외침입니다
서로 건강하게 살며
열심히 응원해요 굿 력

# 비우자

비우려도
비우지 못하는
세속에 젖은 중생

착한 척
고상한 척
근엄한 척

감추려는
내면의 이중성
얄팍한 이기심

색안경 끼면
서먹하고
멀어져 보여

마음을 열면
따뜻하고
정감이 넘쳐라

순진하고
귀여운
천사들의 합창

비워야
들리는 노랫소리
종일 즐거워라

찾아오는
마음의 평화
이곳이 천국인가?

비우자
비워서 행복한
방랑자 되리라


우리의 세상

# 님이 계시기에

맑은 눈
우윳빛 피부
천진난만한 웃음
저절로 끌려가는 마법
고개 숙여지는 이유입니다

따뜻한 손
아늑한 숨결
떠오르는 밝은 미소
아로새겨지는 그리움
새 삶을 찾는 이유입니다

포근한 가슴
주기만 하는 사랑
보일 듯 보이지 않는
잡힐 듯 말 듯 고운 손
무조건 따르는 이유입니다

# 기다림

기다려도
오지 않는
야속한 우리 님
올 때가 지났는데
조바심과 불안함

내겐 여전히
가슴 뛰는
용솟음이 있어
님을 기다리며
설렘만 가득

시계를 또 보고
기다려도 좋아요
미소 띤 미운 님
애간장 태운 줄
알기나 할는지?

우리의 세상

# 봄비 맞으며

봄비 내리는 신천 둔치길
흠뻑 젖고 싶다
황사 미세먼지 다 씻어내듯
마음의 때 씻어내고 싶어
아무도 없는
물 머금은 잔디밭에 누워
빈 하늘 쳐다본다
온몸 적셔도
커져만 가는 공허함
스쳐가는 수많은 장면들

어릴 적 고향의 겨울 논과 들
새하얀 눈밭에 누워
온몸 도장 찍고
선녀가 내려주는
하염없는 눈송이
꿈 많았던 동심의 세상
티 없이 맑았던 그때가 엊그젠데
희어진 머리 눈가 잔주름
세파에 전 내 모습
나는 어디까지 왔을까?

# 보름달과 구름의 조화

칠흑 같은 어둠 속
하늘 높이 떠 있는 구름 한 덩이
달빛에 눈이 부셔
검붉게 훨훨 타오른다
달이 구름을 태우는지
구름이 달을 태우는지
융단처럼 펼쳐진
구름 위의 달
진주 품은 조개 같아

구름에 가린 달
하늘이 요술 부리나?
산등성이 너머로 물러나
저 멀리
어둠 이기고 나와
신천지가 여기라며
어서 오라 손짓하듯
신비로운 자연의 몸짓
숨바꼭질하는 구름과 달

# 하나님은 내 곁에

고통 고민 없는 사람
이 세상에 존재할까?
조용히
묵묵히 살아온 긴 여정
감내하기 힘들었던 순간들
이겨낼 수 있었던 보람
늘 곁에는
하나님이 계셨습니다

커져만 가는 매 순간의 시련
더 의연해지라는
당신의 계시라 믿으며
십자가만 움켜쥡니다
보호받고픈
어린 양임에도
약한 모습은
오히려 사치가 되었습니다

크고 작은 상처에
붕대 감아준 여린 마음
두 손 모은 간절한 기도
위로받고 싶었기에
눈물만 훔친 숱한 나날들…
오늘도 강해야만 존재할 수 있는
나만의 운명을
하나님과 함께합니다

우리의 세상

# 짝사랑

다가가고 싶어도
갈 수 없어요
들킬까 두려워요
멀리서
바라만 볼래요

다가갈수록
쿵쿵 뛰는 이 가슴
그런 이유로
가만히
보고만 있어요

푸릇푸릇한 미소
잠 못 이룬 밤
님을 향한 그리움
떠오르는
당신의 얼굴

두근두근

나만의 사랑

사랑할 수 있기에

슬퍼도

행복합니다

우리의 세상

# 인생의 출퇴근길

하루를 시작하는 출근길
허겁지겁 나서는 바쁜 발걸음
무엇에 쫓겨
이렇게도 서둘러야 하나?
오늘이 가면
내일이 편해지려나?
더 여유로워지려나?
앞만 보고 달려온 긴 세월
예나 지금이나
항상 바쁜 출근길

의욕이 넘친 지난날들
때론 처진 어깨 무거운 발걸음
고독으로 밀어넣는다
언제 그만두려나?
하루 한 달 일 년 수십 년
퇴근길을 무겁게 하는
지금 나를 지배하는 허전함
출근과 퇴근을 반복하며
자식 위해 가족을 위해
살아 있는 나를 찾는다

바쁜 출근길 느릿한 퇴근길
그래도 출퇴근할 수 있어 좋아
내 인생의 중간에 다다라
지난날의 아쉬움 떨쳐 버리고
미련 없이 희망과 의욕 지닌 채
오늘도 나선다
즐겁고 행복한 나날 꿈꾸며
살아 숨 쉬는 인생의 출퇴근
이 삶 다할 때까지
출퇴근을 반복하리…

우리의 세상

# 희망

내일 생을 마감할지라도
오늘 뜻있게 살고 싶어
언젠가 사라질 몸
아등바등 애써 무엇 하리
아니다 너덜해진 심신
남겨진 가족을 위해
기꺼이 받아들이리라

하루살이
알에서 깨어나
성충이 되어
짝짓기 후
알을 낳고
일생을 마감하는데
그야말로 하루뿐

짧은 인생 살아가며
헛되이 보내는
수많은 시행착오
기억에 남을 소중한 순간
서로 믿고 의지하며
사랑하는 그대와
이 순간 노래 부르리

우리의 세상

# 재능의 발견

"너는 일기를 잘 쓰는구나" 한마디에
책도 많이 읽고 소설가가 되었다


"너는 노래를 잘 부르는구나" 한마디에
신나게 노래 부르며 가수가 되었다


"너는 공을 잘 차는구나" 한마디에
축구가 재미있어 축구선수가 되었다


"너는 관찰력이 남 다르구나" 한마디에
사물을 깊이 보고 연구하며 과학자가 되었다


"너는 잘 달리는구나" 한마디에
걷고 뛰기를 좋아하며 마라톤 선수가 되었다


"너는 약한 아이를 잘 돌보는구나" 한마디에
열심히 공부해서 의사가 되었다

초등학교 시절
아이의 인생을 바꾸는
선생님 칭찬 한마디
재능을 찾아 주는
평생 기억에 남는 선생님
이 나라 대들보가 되도록
아이의 꿈을 키워주는
소중한 초등학교 선생님

선생님은 도예가처럼
아이들 꿈을 빚어주고
예나 지금이나 미래에도
수많은 보배 발굴해내는
영원한 희망의 길잡이
존경하는 우리의 선생님
오늘따라
그 옛날 선생님이 그립다

우리의 세상

# 인생은 던져진 주사위

엄마 배 속에서 나오는 순간
운명은 제각기
서로 다른 길 찾아 간다

잘난 부모 만나
어려움 모르는
나약한 정신

아무리 힘들어도
굴하지 않고
이겨내는 슬기로움

각자 가야 할 인생길
돌아서서 후회할
무의미한 시간 보내지 말자!

나 열심히 살았노라
웃을 수 있는
최선으로 노력하며 살자!

현대를 살아가는 이여!
할 일이 너무 많아
남 탓할 시간 없어

희망찬 미래를 그린다
펼쳐질 내 꿈을 상상하며
앞만 보며 열심히 달리자!

현재의 시련은
꿈을 실현하기 위한 밑거름
고통 없는 영광은 환상일 뿐

아픔과 고통 이겨내며
이루어낸 결실
인생은 즐겁고 아름다워라…

우리의 세상

# 팔공산 갓바위

팔공산 갓바위
약사여래불
관봉석조여래좌상
한 계단 한 계단 밟으며
사욕을 털고
마음을 비우며
작은 내 존재를 깨달아

약수터에 잠시 멈춰
물 한 사발 들이키며
육신을 정갈히 한 후
정상의 약사여래불께
정성들여 소원을 빈다
한 가지는 꼭 들어준다는
갓바위 약사여래불

갓바위 가는 길
늘어선 주점, 모텔
한쪽은 소원 빌며
가족의 안녕을
다른 한쪽은 쾌락을 위한
욕망의 늪을
나약한 중생이여!

서로 다른 인생길
진지하게
구원 비는 중생
불쌍하게
업을 쌓는 중생
다음 생 잘 태어나게
적선 또 적선…

우리의 세상

# 화본역 급수탑

세상의 전부였던
두메산골 내 고향
맑은 시냇물 끝없는 철길
하늘 높이 솟은
화본역 급수탑
경주의 첨성대라 믿었던
동심 속의 탑
증기기관차를 위한 물 저장고
자라면서 깨달았어

막연한 꿈과 호기심
남아 있는 아련한 추억
첨성대 같았던 급수탑
여전히 그 자리 지키며
과거 현재 미래
시공간의 연결고리
태어나기 전 아득한 옛날
증기기관차가 지나갔던
낭만 속의 간이역

다시 찾은 그곳
먼 골짜기로 사라지는
비둘기호 바라보며
손 흔들며
막연한 기다림으로
사람들을 마냥 그리워했던
동심 속의 기억들
세월의 흔적을 간직한 채
모락모락 되살아난다

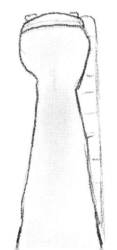

우리의 세상

# 군위 만물슈퍼

서민의 정 오가는
중앙길 네거리 한 코너
고추 오징어 튀김 곁들인
막걸리 한 사발
살아가는 애환 나누며
또 한 사발
알딸딸한 취기에
모든 상념 떨쳐버린다

즉석 도넛 한 봉지
넉넉하고
풍요로운 마음 가득
풀벌레 소리
휘영청 보름달 벗 삼아
찌들고 눌린 삶의 무게
훌훌 털어내며
가벼운 발걸음을 재촉한다

웃는 듯 눈가의 미소
정 깊은 아주머니
이른 새벽 늦은 밤
그 자리 지킨 지
어언 이십여 년
군위 만물슈퍼와 함께
이웃의 소중함을 느끼며
오늘도 중앙길을 지나간다


우리의 세상

# 신천 동로길

도로 벽 담쟁이넝쿨
앙상한 줄기가 어느덧
빽빽한 수풀을 이루어
온 천지 뒤덮은 녹색 향연
지난겨울
혹독한 추위 잦았던 눈
아랑곳 않는 질긴 생명력
나약한 우리
강인한 너의 의지

길 따라 이어진 싱그러움
오늘은 어떤 일이 일어날까?
출근길의
상큼한 의욕과 활력을…
퇴근길엔
보고픈 가족의 기다림을…
군데군데 어울린 붉은 넝쿨 장미
신록 속에 돋보이는 강렬함
살아 있는 존재를 일깨운다

눈처럼 흩날리는 벚꽃잎
미소 짓는 흰 분홍 접시꽃
이따금 날아드는 왜가리
신천의 시원한 물줄기
이 모두가
출퇴근길 가볍게 하는
살아 숨 쉬는 자연의 어울림
동로를 오가는 이에게
신선한 의욕을 북돋워준다

우리의 세상

# 보람

삶의 고뇌 가슴에 안고
뒤돌아볼 겨를도 없이
앞만 보고 달려온
가족 위한 나의 삶

잘 자라준 아이들
꿋꿋이 버티는
큰 힘이고 재산이야
그것으로 이미 보상받은 거야

지금 이대로
소박하지만
가슴 벅찬 희열
세상에서 제일 부자야

오늘도
가족사랑 듬뿍 안고
힘찬 발걸음
흥거운 하루를 시작한다

우리의 세상

# 거꾸로 본 세상

물구나무서서 걷는 기인
색다른 세상이 있어
얼마나 신기할까?
아니 바로 사는 세상
고마움을 느낄지도 모를 일이지
좁아진 시야
하늘도 사라지고
발과 바퀴만 보이는
땅바닥만 이고 사는 답답한 세상

신천을 걸으며 내비친
늘어선 아파트 단지
수면 아래 숨은
높고 낮은 수많은 풍경화
잔잔한 물결 속 흔들리는 도시
지진이 일어났나
넘어질 듯 위태위태
잔바람에도
무너지고 사라져 버려

고요가 찾아오고 대지가 진정되니
흔들흔들 사라졌다 다시 나타나…
모든 게 바로 서면
세상살이 걱정이 없다
서두르다 그르친 세상
되돌리긴 너무 힘들어
바로 걷는 우리들
오늘도 꿈꾸나니
똑바로 안정된 우리 세상

우리의 세상

# 품바 드러머

둥 둥 둥
두두 둥 둥
두두두두 둥둥
절로 고개가 흔들린다
엄마 배 속에서 들었던
무의식 속 저주파 음
평온한 뱃고동 소리
아무리 두드려도
지치지 않는 신들린 율동
가슴 울리는 고요한 파동
한을 푸는 간절한 울부짖음

둥 둥 둥
두두 둥 둥
두두두두 둥 둥
신나게 두드려도
교차되는 신명과 애환
아 연주자의 그늘
생각하기 싫어
품바의 여인이여!
귓가를 울리며
뇌리를 맴도는
품바의 드러머여!

우리의 세상

# 얼굴


눈가의 미소
다정스러운 목소리
곁에 있는 듯
숨소리가 들리네요
지금까지 늘
변함없이 따뜻해요
님!
님의 시계는
거꾸로 가고 있나요?


긴 세월 함께하며
달려온 길
밝게 채색된 삶의 흔적
예쁘게 그려집니다
환한 얼굴
사랑이 느껴집니다
님!
아낌없는 찬사
절로 힘이 나네요

뒤돌아본 나
얼굴이 붉어집니다
누군가 그리워지는 날
떠오르는 당신
입가의 옅은 미소
가만히 웃어봅니다
님!
함께할 수 있어
오늘도 행복합니다

우리의 세상

# 홍시 한 다발

지팡이에 의지해
어렵게 오른 2층 사무실
한 손에 든
묵직한 감 한 다발
갓 꺾어 온 듯
물기가 채 마르지도 않아
굵직한 감들이
미소 짓듯
반들반들 윤이 난다

소파 위에 걸어 놓은
정성이 담긴 감 다발
동여맨 푸른 노끈
애정도 함께 묶여 있네
여유로이 실내서 느끼는
시골의 가을 정취
주렁주렁 감 가지 꺾으려
바지랑대 움켜쥔 모습
아낌없는 사랑이어라

황금보다 더 소중한
따뜻한 정이 담긴
할아버지의 거친 손
홍시에 녹아 있는
달달하고
순박한 시골 인심
바쁜 농촌의 늦가을
고즈넉한 내 생활
살아가는 참맛이어라

우리의 세상

# 에베레스트 정복을 꿈꾸며

마음속의 에베레스트
등반하는 이들의 땀방울
이내 고드름 되고,
경사진 암벽을 타고
가파른 눈길을 걷는다
헛디디면 낭떠러지
아차 하면 크레바스
눈보라에 이은
온 천지 집어삼키는
무시무시한 눈사태

갇혀버렸다
몸이 굳어 움직일 수 없다
서서히 의식을 잃는다
꺼져가는 순간
다음 생 셰르파로 태어나
이토록 아름다운 미지의 세상
최고의 안내자 되리라
꿈에 그리던 정상
반드시 정복하리라며
조용히 눈을 감는다

먼 훗날
빙하 속 미라로 발견되어
정상을 꿈꾸다 사라진
호기로운 산악인으로 남으려나?
셰르파 셰르파 셰르파
셰르파 외치다
잠에서 깨어난다
꿈에 그리던 에베레스트!
아직 못 이룬 꿈
살아생전 기필코 이루리라…

우리의 세상

# 산채

난 발견!
손맛 봤으니
왠지 일진이 좋을 것 같아
이리 살피고 저리 둘러보고
일상을 홀홀 털고
자연과 한몸이 된다

눈앞의 망개 넝쿨
저 멀리 빳빳한 한 촉의 난
둘러 가긴 멀고
질러가긴 너무 힘들어
포기할 순 없어
확인해야 해

가시덤불 헤치고 나가
눈앞에 나타난
기대 꺾는 민춘란 한 촉
흘린 땀 비 오듯
노폐물은 다 빠져 나가
허망함도 씻어낸다

냉수 한 모금 들이키며
전열 가다듬고
새로운 희망과 기대 안은 채
이리 살피고 헤쳐 올라
오늘도 찾아 헤맨다
아 일생일란이여…

우리의 세상

# 눈

매일 만나 인사한다
서로 마주보며
밝은 눈
어두운 눈
슬픈 눈
화난 눈
눈을 보며 느낀다

맑고
티 없이
초롱초롱한
깨끗하고
빛나는 눈
눈을 보며
마음을 읽는다

탁하고
초점이 없는
곁눈질하는
내리 깔거나
치켜 뜬
믿음이 가지 않는
감추는 눈은 싫어

절로 끌리는
반가운
이심전심 통하는
모든 것 주고픈
사랑이 가득한
영혼을 흡입하는
어린아이 눈이 좋아

우리의 세상

# 蘭과의 이별

불볕더위
내 자식 메말라가니
마음도 함께 타들어가
지난겨울 혹독한 추위
다 이겨내고
심술궂은 봄 지나고 나니
한여름 무더위 넘어
세상 고사시키는 화마에
하루하루 견디는 게
생과 사의 혈투다

한 분 한 분 눈길 주며
서로 나누었던 교감들
모든 역경 헤치고 나니
대견하고 자랑스러워
내년 봄 피울
예쁜 꽃 기다리며
마지막 고난 당당히 이겨내
축 처진 잎 생기 찾아
꿈과 희망 심어준 너희들
애처롭고 사랑스러워…

피지도 못하고
떠나간 가련한 아가야
이별의 슬픔에 아린 내 마음
온종일 가득 채운 너의 영상
다시 볼 수 없음에
정들었던 지난 세월
무엇으로 위안 삼을꼬?
못난 주인 용서하고
다음 생 자연에서
멋진 꽃 피우거라…

우리의 세상

# 흔적 지우기

가면 속에 가려진
비겁한 양심
평생 숨기고 덮었지만
봇물 터지듯
한순간 터져 나와
되돌릴 수 없는 불명예

예전으로 돌아가고 싶어도
깨어진 유리잔
엎질러진 물그릇
진실되게 살았더라면…
왜 내게 이런 일이?
원망과 자조 섞인 푸념

불의를 알았다면
행하지 않았을까?
아니,
사회통념으로 자위했으리라
사과와 용서보다
시대의 희생양으로 생각할까?

유명세에 따라
작품의 가치도 너무 달라
도덕성이 결여된 작품들
책에서 인터넷에서 SNS에서
모두 사라져 버려!
우리의 기억에서 지워져 버려!

정녕 이 시대 위인이란?

위인의 조건:
거짓 없이 순수하고 정직하며
양심에 따라 행동하며
가정을 중시하며
타인을 존중하며
이성과 감성의 조화를 잘 이루는 자

누군가를 존경하고 싶어라…

우리의 세상

# 버킷 리스트

차일피일 미룬 일들
마음은 있으나
실천에 옮기기 너무 힘들어
일하느라 바빠서
저축하느라 여유가 없어서
평생 얽매인 삶으로
여유를 부릴 수가 없다
그것은 오히려 사치일 뿐
지금이라도 벗어나자

한 세월 다 가고
깨우칠 땐 너무 늦었어
예기치 않은 사고와 질병
몸이 허락하지 않는다
진작 했더라면 좋았을 텐데
때늦게 후회하는 이들
바빠서 여유가 없다는 핑계
설득력이 없어
모든 일이 마음먹기에 달렸어

지금 이 순간
생각을 바꾸면
남은 삶이 달라질 수 있어
더 늦기 전에 하고 싶었던 일
과감하게 실행해야 해
지나고 나면 후회할
다람쥐 쳇바퀴처럼 매인 삶
이제라도 탈피해서
버킷 리스트를 작성해 보자

가고 싶은 곳
하고 싶은 것
만나고 싶은 이들
더 늦기 전에 미루지 말고
후회 없는 멋진 인생 설계하리라
벗어나자!
여유 없는 숨 막히는 현실
과감한 실천력으로
살아 있는 삶으로 가꾸자

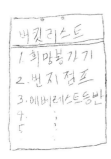

우리의 세상

# 오랜 친구

새벽길 맞이하는
도로변 노랑 분홍 다채로운 꽃 잔치
오늘은 어떤 일이 일어날까?
오랜 기간 만나며
희노애락을 느꼈기에
어제 본 듯 여전히 반가운 마음
살아 있는 우리를 확인한다

여러 조각 중 하나가 모자라
이 빠진 동그라미처럼
가슴속 한구석 터덕 걸려
둥글둥글 굴러가지가 않아
창공을 가르는 야호 소리
비좁아진 혈관 확장시키고
신선한 공기 마음껏 들이킨다

막걸리 한 사발로

꽉 찬 동그라미 그리며

다음의 만남

영원한 만남을 약속하며

떠나는 친구

사라질 때까지 바라본다

보고 싶다 친구야!

우리의 세상

# 당신의 미소

조용조용
들릴 듯 말 듯
따뜻한 미소가 다가옵니다
그저
먼발치서
바라만 보고 있어요
스며져 나오는
희망의 눈빛을 봅니다

그려 보는 혼자만의 나래
늘 곁에 있어요
헤쳐 나가야 할 길
바로 저기라며
가까이서
손짓하는 당신이 있어
그곳으로
주저 없이 달려갑니다

그려 놓은 당신의 얼굴

환하게 웃는

온정이 넘치는

마음을 사로잡는 미소

캔버스를 채운

활기와 기쁨의 노래

세상에서 하나뿐인

당신의 얼굴입니다

우리의 세상

# 행복의 샘

나는
길 잃어 헤매는
풍랑 속 돛단배
당신은
어둠 속을 이끄는
마음의 등대

긴 세월
멘토가 되어
함께 울고 웃었던
따뜻한 정
모두에게 다가와
온누리에 스며 있어요

내일도
갈증 씻어 줄
산속의 옹달샘처럼
언제나
기쁨을 주는
행복의 샘입니다

# 주인공

풀 한 포기 버섯 한 송이
돌이끼 참나무 고목나무
다람쥐 새 산토끼
모두가 숲속의 주인공이다

균형이 깨지면
자연도 사라져 버려
내가 있어
너도 존재하는 거야

너무나 작은 존재여도
서로 조화를 이루어야
살아 숨 쉬는
숲속의 주인공이 될 수 있어

# 고뇌

수십 년 간힌 공간
아픈 이 고쳐 달라며
찾아오는 수많은 환자들
아이부터 백 세 어르신까지
건강한 치아와 신체를 위해
천직이라 늘 기꺼운 삶

더 많은 자유를 꿈꾸며
보람차게 보내도
매일 같을 수는 없어
과로로 먼저 간 친구의 소식…
오늘 같이 우울한 날
술에 흠뻑 젖고 싶다

윙윙대는 기계음
들여다볼수록 침침한 눈
어깨는 무거운 짐 진 듯
훌훌 털고 벗어나고파
저 멀리 날아가고파
친구도 그러했으리

마음 가다듬고
건강한 체력을 위해
둔치를 달리며
손짓하는 바람 꽃 이웃들
깊어가는 시름을 떨치며
무사한 하루에 감사한다

우리의 세상

# 몽상

갯바위에 부딪혀
부서지는 파도처럼
거품 머금고 사라져
붙잡으려 애써도
쥐어지지 않는 허공뿐

목표도 없이
그 무언가를 위해
무심코 쏟은 정열
누구도 할 수 없는
빠져드는 몰아의 세계

비몽사몽한 채
일구어 낸 열정
진통 탄생 환희
깨달은 망상의 끝
일장춘몽의 씁쓸함이여…

# 치과 의사

살기 위해 먹는다
먹기 위해 산다
살기 위해 먹든
먹기 위해 살든
이성과 본능의 우리 삶
모두가 중요해

잘 먹고
잘 씹고
잘 소화하면
건강한 신체
치매 예방 장수 비결
먹는 낙이 최고야

없는 이 만들어
브리지 틀니 해 주고
없는 뼈 만들어
임플란트 식립하고
무에서 유를 이끄는
위대한 창조자여!

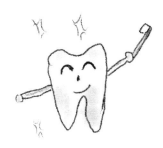

우리의 세상

# 몽촌토성길을 걸으며

몽촌토성…
백제의 정기와 한이 서려 있는 곳
토성길을 걸으며
그대와 나누었던
풋풋한 사랑과 향기로운 꽃내음
마음속에 담아 둔
커다랗고 둥근 측백나무 한 그루
멀리서 바라보는 키 큰 소나무
꿈결에 맴도는
희미한 풍경화다
아 무엇이 빠졌을까?
허전하고 부족해
떠오르지 않는 혼란 고뇌

아하

달이 숨은 깊은 밤

눈부시게 반짝이는 솔 위의 별 셋

이제야 어울린다

상상의 창으로 바라보는

몽촌토성의 별이 빛나는 한 밤

그대 향한 그리움

꿈이 현실이 되고

현실이 꿈결 같아

그대와 함께한 예전 지금 먼 훗날

싱그럽고 아름답게 살런다

별을 보며

그대와 영원을 약속하리…

그림: 심명수

우리의 세상

# 차이

높은 산을 오른다
아래부터 한 걸음 한 걸음
좁은 길 가파른 암벽
없는 길 헤쳐 가며
정상에 올라
내려다본 산 아래
시야에 들어온 운무
눈앞에 펼쳐진 선경
이 세상 모두를 소유한 듯
산을 오른 자의 특권이다

기계문명의 결과물
산 정상까지 오르내리는
케이블카에 몸을 싣고
발아래 보이는
고정되지 않는 산과 들
감흥이 적은 눈요기다
산 정상에 내려
바라본 봉우리와 구름
사진 몇 장의 추억일 뿐
땀으로 담은 풍경과 비교될까…?

가만히 눈을 감고
다녀온 정상을 그려 본다
황홀했던 그 광경 못 잊어
다시 가는 그곳
느껴지는 또 다른 세상
같은 산을 또 가는 이유다
케이블카의 스쳐가는 풍경처럼
인생은 너무 빨리 지나가
한 걸음 한 걸음 천천히
느림의 미학을 배운다

우리의 세상

# 하늘과 땅 사이

하늘 끝은 어디인가?
눈에 보이지 않는 곳?
구름 너머 대기권 성층권?
태양계 너머?
미지의 끝없는 우주 공간까지?

바벨탑 신화처럼
하늘에 닿으려는 욕망
끝없이 올라가도
보이지 않는 저 끝
저 위로 날고 싶어

땅끝은 어디인가?
보이지 않는 곳까지?
계속해서 앞으로 가면
지구를 돌아 제자리
서 있는 여기가 땅끝인가?

땅 파고 들어가면
지각 너머 맨틀 핵까지?
다시 핵 맨틀 지각
지구 반대편의
거꾸로 서 있는 그 자리…?

하늘 끝 보이지 않는 저곳
서 있는 여기 지구 반대편 저기
하늘 끝 땅 끝까지
날아가고 싶어
달려가고 싶어

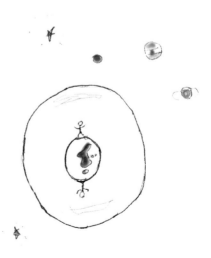

# 부모와 자식

평생 자식 위해
한없는 무조건적 희생
모든 것 다 주어도
가진 게 없어 미안해
자식 잘되라며
목숨까지 마다않아

부모가 연로하여
자식에 의존하면
폐 될까 걱정하며
없어도 있다 하고
불편해도 괜찮다며
죽을 때까지 자식 걱정

자식 잃은 부모
평생 가슴에 묻고
형벌의 삶을 살며
살아도 사는 게 아니야
생을 다하는 순간까지
맺힌 한 못 풀고 간다

부모 잃은 자식
슬픔 감출 수 없어도
세월이 지나니
아픔은 무뎌져
어느덧
그리운 추억으로 남는다

사랑은 내리사랑
부모의 자식사랑
그 무엇과 견주랴?
주린 배 참아가며
아낌없이 다 내어주신
가슴속의 우리 부모님…

우리의 세상

# 그리움

내 곁을 떠나간 그대
그리워 뒤척이는 이 밤
구름 뒤의 달님처럼
눈 감으면 보일 듯 말 듯
아린 가슴 애태웁니다

저 멀리 별 그리며
함께 나눈 예쁜 추억
꼬리 물며 사라지는 유성
그대 태운 비행접시
내게서 멀리 사라집니다

보내기 싫어 붙잡아도
떠나간 님아
목 놓아 외쳐도
대답 없는 무심한 님
뒤쫓아 가면 멀어져 가

야속하고 미운 님

오늘도 외로움에 젖어

목 놓아 불러 봅니다

아련한 그리움만 남긴 채

돌아오지 아니할 슬픈 님이여

우리의 세상

# 그녀의 목소리

긴 세월 마음을 흔든
우리들의 꿈이요
스크린과 함께한
같은 시대 같은 느낌
소녀 시절 청순함은
따뜻한 원숙함으로
눈웃음 주는 그대가 있어
어두움 드리운 해그름
천리향 내음으로 다가온다

귀에 울린 수많은 선율
저마다 깊이가 달라
기다림과 설렘으로
영혼을 정화시키고
마음 깊숙이 자리한
애환 그리고 전율…
목마름 적셔 주는
언제 들어도 새로운
마법의 샘을 노래한다

응어리진 가슴 분출시키는
세상 삼켜 버리는 아우라
우리 민족의 한을 부르짖고
가냘픈 듯 의연한 자태는
우리 시대 여인의 삶
미소 뒤 감춰진
이슬처럼 애틋한 목소리
비구름 낮게 드리운 오늘
잔잔한 파문을 일으킨다

우리의 세상

# 보리밭

여물어 가는 보리밭
생각나는 옛 그림자
휘이익 뭉개진 자욱
누구의 소행일까?
원망했던 야생동물
이제야 쓴웃음 난다
인적 없는 오솔길
그대와의 정겨운 발자국

추억 속 보리밭 길
그리움에 이끌려간
내 고향 두메산골 운산리
인적 드문 이곳
우리 님과 다정히 손잡고
밭둑길 거닐며 바라보는
석양에 물든 저 하늘
기쁜 듯 슬피 노래하네

거친 손 잔주름

피할 수 없는 세월의 무게

그 옛날 정든 길 거닐며

새로운 세상에 살고 있어

꿈결 같은 기억 떠올리며

그땐 속삭임으로

지금은 눈빛으로 읽네

정녕 그대를 사랑한다고…

우리의 세상

# 섬진강 처녀

섬진강 강변에 살며
예전부터 터득한 엄마 손맛
오늘도 못 잊어
발이 절로 옮겨진다
두툼한 계란말이
넉넉한 시골 인심
갓 채취한 맑은 재첩국은
수수한 님의 얼굴 같아

마른 명태 잘게 뜯으며
나누는 두런두런 일상사
어둠 짙게 깔린
별빛 가득한 가을밤
귀뚜라미 울음소리에
깊어가는 시골의 정겨움
지난 세월 추억 씹으며
웃음꽃 쉴 새 없이 피어난다

틈틈이 시와 벗되어
다시 돌아가는 소녀 시절
떨어질 듯한 풀잎이슬
내면 깊숙이 울려 퍼져
따뜻해지는 이내 마음
지나온 세월의 무게
피할 순 없지만
여전히 꿈 많은 여자랍니다

우리의 세상

# 들꽃 여인[1]

밝고 청초한 눈동자
온종일 아른거린다
일찍이 찾아온
병든 부모 부양하는
뜻하지 않은 소녀 가장
가혹한 희생이어라
끝없는 좌절 고뇌 어둠
너무 일찍 겪어 버렸어
운명으로만 여긴
어여쁜 여인이여!

희망의 끈 움켜쥐고
견뎌낸 인고의 세월
아 야속하기만 한 세상
살기 위해
열심히 달려왔건만
고통 안긴 난치성 관절염
숨어서 훔친 눈물
강물이 되어 흘러가네
세상을 원망하며
홀로 자연으로 돌아왔어

---

1    〈나는 자연인이다〉라는 TV 프로그램을 보고 난 후 쓴 시이다.

대자연의 기운 받으며
약초 산나물 맑은 공기 새소리
존재하는 모두가 그녀의 것
두려웠던 산속 생활
이젠 당찬 여인이 되어
타고난 손재주 손맛
일류 장인 그대여!
자연은 모두가 벗 되어
오카리나 연주의 청중이 되고
산새도 따라 지저귄다

대한민국 뭇 남성 울리는
누님 같은 따뜻한 여인
뇌리에 잔잔히 맴도는
아름다운 여인아
오늘도 자연에 묻혀
산속을 오르내리며
공예품에 추억을 담고
해맑은 미소 그리며
건강한 심신 지켜
만인의 꿈과 희망이 되길…

우리의 세상

# 눈이 내리네

눈이 내리네
논과 밭 둔치길 어디에도
내 마음속 깊은 곳
숨어 있는 어두운 세상
깨끗하게
희망의 솜털로 날려 버린다
떠나간 님의 발자취
눈길을 따라 걸으면
옛 추억과 겹쳐져
어느덧
님과 함께 걷고 있다

눈이 내리네
당신이 떠나간 지금
남겨진 발자국 덮으며
지나온 흔적을 지우지만
마음속 자욱은
지우려야 지워지지 않아
또렷이 새겨진 님의 미소
흩날리는 눈과 어우러져
한 폭의 풍경화를 그린다
님은 갔어도
여전히 함께 눈길을 걷는다

우리의 세상

# 기상이변

지난겨울
유난히 괴롭힌 맹추위
때늦은 눈
귀찮은 불청객 되어
흰 눈의 환상을 짓밟았다

괴팍한 봄 날씨
죽은 꽃도 되살린다는
살랑살랑 봄바람은
느껴 보지도 못하고
지나가 버려

지구 온난화
때 이른 초여름 무더위
엘니뇨 현상
인간이 자초한 재앙
이제 서막에 불과해

폭염주의보
아스팔트가 눅진눅진
자외선 오존 경보
예전보다 잦은 재난
이제는 낯설지 않아

피할 수 없는 현실
몸에 밴 에너지 절약
가스 배출 줄여서
환경을 살리고
우리의 지구를 살리자!

우리의 세상

# 엄마가 보고플 때

내 마음 허전할 때
이끌려 가는
엄마와 대화하는 곳
탁 트인 전망
골 깊은 저수지
가까이서 노래하는 산새
반갑게 손짓하는 흰 구름
불안했던 마음 사라지고
따뜻한 엄마 품이 느껴져

꿩이 푸드득
야생 고라니 놀란 듯
물끄러미 바라보다
비탈진 밭 너머로 사라진다
자연이 살아 숨 쉬는
엄마 숨결 느껴지는
바로 이곳
나의 시작이고
존재의 이유를 일깨운다

엄마 모습 떠올리며
함께한 숱한 시간
가슴속 깊이 담겨 있는
옅어져 가는 기억들
커져 가는 아쉬움과 미련
불러 보고 싶어도
참아야만 했던 쓰라림
마음껏 불러 봅니다
엄마 엄마 엄마 엄마아

우리의 세상

# 달님을 기다리며

기다리던 달님
더위에
주말 산행도 방학을 했나?
궁금증만 가득

드디어 나타났다
몽골의 뼛속 깊은 체험
칭기즈칸이 호령한
광활한 대지를 가르며

형언할 수 없는
끝없는 신비의 세계
눈을 사로잡는
야생초 기암괴석

그대로 인해
간접 체험한 나
넓은 세상을 보며
초라한 나를 발견한다

가고 싶다
달님이 간 곳
보고 싶다
달님이 본 모두

더 늦기 전에
가야지
봐야지
시간은 기다려 주지 않으니…

우리의 세상

# 할아버지 꽃가마 타고

어릴 적
매일 나오는 숨겨둔 곶감
끝없는 이야기보따리
끔찍이도 예뻐해 주시고
어디든 데리고 다니며
우리 손주 최고라며
하늘 높이 번쩍 들어 주신 할아버지
오늘따라 너무 보고 싶다

높이 쌓인 갓 베어온 꼴
소달구지에 한가득
그 위에 올라타고 바라본 세상
높이 떠 있는
해그름의 붉은 구름
웅장한 서산의 저녁노을
어린아이의 눈에는
모두가 신비롭기만 하다

손에 쥐어진
형형색색 이름 모를 들꽃 묶음
끝없는 손주 사랑
"이 담에 커서 뭐가 될래?"
"학생 가르치는 선생님
아픈 사람 낫게 하는 의사 선생님"
흐뭇해하시는 할아버지의 입가 미소
수십 년이 지나도 생생히 떠오른다

명절 때마다 언제 또 오냐며
기쁨보다 헤어짐을 슬퍼하시며
손 흔들며 눈물 훔치시던 할아버지
너무나 보고 싶어요
다시는 볼 수 없음에
세월의 야속함을 탓하며
그리움에 눈물 글썽이며
저 멀리 저녁노을을 바라본다

# 별님과의 대화

그리움 가득한 밤하늘
반짝이는 별님과의 속삭임
초승달과 친구 되어
은하수에 손 담그니
내 작은 가슴 두근두근

각기 다른 향 뿜어내며
세월 잊은 눈망울
빠져드는 눈가의 미소
별빛의 색다른 조화
웃음꽃 절로 피어나네

떠오르는 순간순간
손에 쥔 가는 붓
수국 장미 백일홍 수선화
아쉬움 뒤로한 채
기약 없는 다음을 그린다

우리의 세상

# 호수 속 보름달

달빛에 일렁이며
구슬피 노래하는 갈대
호수 속에 잠긴 보름달
어둠 밝히는 수호천사처럼
이 밤 고독을 즐기는
나의 벗 되어 준다

숨었다 나타난 우리 님
아련히 바라보는 나
잔잔하고 한적한 호수
누군가 기다리는 갈대
이 모두가
호젓한 분위기 자아낸다

이 밤 지배하는 나
고요한 이곳의 갈대
달빛에 반사된 은빛 물결
잡아라 손짓하는 보름달
나만의
호적한 안식처 되어 준다

우리의 세상

# 장식품

유효기간 지났나?
제 기능을 못해
커져 가는 불편
잘 굴려 보아도
성이 차질 않아

예전엔 반짝반짝
잘도 돌아갔는데
어느 순간 작동 불량
무겁게만 느껴져
장식품 아닌 장식품

기능은 자꾸 줄고
무늬만 그럴 듯
버릴 수 없어
한숨 짓는
서글픈 너의 운명

녹이 슨 애물단지
묵은 때 털고
기름 치고 닦자
평생 함께할
살아 숨 쉬는 보물로

우리의 세상

# 내기 바둑

유월 마지막 날
하염없는 장맛비
우산도 없이
안경을 타고 내리는 빗줄기
흐릿하고 뿌연 하늘
앞만 보며
무작정 걷고 있다
철벅철벅한 발바닥
온몸 적신 여름비
응집된 독소 씻겨 나가도
왜 즐겁지가 않지?

신천 둔치길 옆
등나무 아래 벤치
갈 곳 없는 어르신들
내기바둑에 정신이 없다
구경하며 빙 둘러앉아

참지 못하는 훈수
담배만 뻐끔뻐끔
묘수 짜내 보지만
악수만 연발
돌 던지며
내놓는 천 원 지폐 한 장

비 피하며 구경하는 나
가장 할 일 없는 자
잠시지만
모든 상념 잊은 채
왠지 서글픈 이곳
하루를 보내기 위해
외로운 자 함께 모인
진정한 삶의 휴식처인가?
도피처인가?
머지않아 다가올
피할 수 없는 현실이 될까?

# 점

점을 본다
역마살이 있어서
사주가 안 좋아
살풀이를 해야 해
액운을 막을 부적을 쓴다
안 보면 될 것을
괜히 조상 탓하며
심술만 부린다
부질없는 헛된 노력이다

점을 본다
내 몸의 수많은 점
지워 버리고 싶어
크고 작은
찾기도 힘든 점을 찾아
말끔하게 지워 버린다
눈에 보이는 점은 지웠지만
정작 지워야 할 점은
더 커지고 쌓여만 가네

점을 본다
지우고 싶은 수많은 점
떠올리기 싫은
때론 되돌아가고픈
살면서 그어 놓은 오점들
점과 함께한 인생의 바다
저 멀리 까마득한 점 점 점
점을 보며
해야 할 버려야 할 점을 찾는다

우리의 세상

# 상상 속의 여행

거실 바닥에 누워 있다
멍하니 바라보는
꺼져 있는 샹들리에
오랫동안 그 자리서
있는 듯 없는 듯
이유 없는 친숙함
느껴지는 안락함

달빛에 반사되어
반짝이는 별처럼
한 줄기 섬광처럼
몽롱한 기억을 일깨운다
이리 뒤척 반짝이는 빛줄기
저리 뒤척 너풀대는 꽃나비
달님 별님 꽃나비
서로 어울려 춤을 춘다

조용히 눈 감고

그려 보는 태양 달 은하수

빛 가르며 달려오는 혜성

무수히 떨어지는 유성

블랙홀로 빠져드는 은하수

실눈에 비치는 반짝임

현실과 상상이 뒤섞인

나만의 즐거운 시공간 여행

우리의 세상

# 외로운 비행

나는 이름 없는
한 마리 철새가 되어
별빛 가득한 저 하늘을
훨훨 날아간다
어둠을 걷어내고
꿈을 찾는 힘겨운 여정
맞이하는 붉은 기운
가슴이 활활 타오른다

나는 길 잃은
한 마리 외로운 새 되어
정처 없이 미지의 세계로
끝없이 탐험한다
기진맥진 갈 곳 잃어
이끌려간 외딴 섬
혼자여서 외롭다
영원히 여기서 살아야 하나?

멀리서 나를 부르는
천사들의 합창소리
손짓하는 하얀 새 한 마리
힘겹게 날개를 젓는다
아름다운 세상이 보인다
어둠이 사라진 따뜻한 세상
모두 모여 사는
새로운 세상이 나를 기다려

우리의 세상

# 사랑의 꽃밭

몸이 찌뿌둥 근질근질
달려야 풀리는 운동중독입니다
뛰기도 전에 설레는 이 가슴
찬 공기여도
맑고 깨끗한 시골 냇가
온몸의 독소 다 빠져나가
당겨진 해 저무는 시간
앞은 안 보여도
멀리서 멍멍이 짖는 소리
쫓아올 듯 가깝게만 느껴집니다

정신없이 달리는데
문득 떠오르는 얼굴
예전엔 가까이 있어도
소중한 존재를 몰랐어요
그저 멀게만 느꼈답니다
세월이 지나
건네는 인사 한마디
지나가는 다정스러운 눈맞춤
하나하나 쌓인 정
사랑의 꽃 가득한 정원을 이룹니다

누구에게나 따뜻한 미소
내게만 특별할 거라며
웃음 지으며 그려 봅니다
어둠 속 어렴풋한 환영
숨이 차고 헉헉거리는 지금
눈앞 가까이에 다가와
달리는 내내 이끌어 줍니다
맑고 고운 그대
세월을 거스를 순 없지만
당신의 시계만 느리게 갑니다

우리의 세상

# 희망의 속삭임

숨 쉬며 마시는 공기 같이
늘 가까이 있었기에
당신의 존재 몰랐습니다
맑고 온화한 눈빛
미소 뒤에 가려진 그늘
혼자만의 외침인가요?
짓누르는 고뇌 뒤로한 채
하염없는 따뜻한 손길

오늘도 그려 봅니다
저 멀리 비춰 주는 등대처럼
거침없이 쓸어 가는 파도처럼
긴 세월 함께한 굴곡의 역사
지금 그 자리에 있어 주세요
당신의 발자취는
멀리서도 또렷이 보이는
우리가 가야 할 이정표예요

어디에서도 보입니다
당신의 눈웃음은
헤쳐 가야 할 인생의 길잡이
나지막한 목소리는
애타게 부르는 메아리예요
수줍어 웃음 지으며
다정스레 잡아 준 두 손
희망의 긴 속삭임입니다

# 한라산 정상에 올라

남국의 이국적 풍경
거센 바람 높푸른 하늘
거리 곳곳 만발하는 수국
높이 솟은 야자수 나무
중심에 우뚝 선 한라산

이슬 머금은 풀잎 사이로
반갑게 맞은 아침햇살
쌓인 때 훌훌 떨치니
깊숙이 남아 있는 응어리
스물스물 빠져나가

구름 속을 누비니
맺힌 가슴 활짝 열려
뭉실 떠 있는 백설융단
희뿌연 물안개 되어
온몸을 휘감는다

정상에서 바라본 세상
하늘바다 위에 떠 있는
천사들 노래하는 궁궐
호수 속 짙푸른 물
빠져드는 미지의 세계

언제나 기다리는 백록담
올랐노라! 정상 바로 여기
느꼈노라! 사계의 신비로움
보았노라! 장엄한 광경을
깨달노라! 살아 있는 생동감을

그리워라
떠나는 이 다시 찾을 기억들
정성으로 반겨주는
조그마한 정 다시 돌아오는
잊지 못할 아름다운 제주도

우리의 세상

# 찰나의 행복

무병장수를 꿈꾼다
엄청 늘어난 수명
이 좋은 세상
백수를 위해 열심히 산다
걷고 움직이며
활력을 찾기 위해
각종 영양제 예방약
건강식에 신경 쓴다

떠날 육신이어도
더 오래 머물고 싶은
찰나의 인생이여
이 한순간을 살기 위해
수많은 고난을 수행하며
느끼는 참다운 희열
저곳의 완전한 자유보다
이곳 번뇌의 삶을 누리리

오늘도
고뇌의 참맛을 생각한다
외로움의 고통보다
고독으로 느끼는 자유
누군가를 미워하고
물질만을 좇아가는
갈등과 혼란이 일상인
이곳에서
찰나의 행복을 누린다

우리의 세상

# 삶과 죽음의 경계

어느 날 갑자기
예고 없이 찾아온 불청객
위암 중기
대부분 절제되고
몇 년 후
다른 곳에 또 찾아왔다
왜 내게 이런 일이…?
나약하기 짝이 없는 인간이여
죽고 나면 사라질 몸뚱아리
그래도 살고 싶다

수술대에 누워
스쳐가는 수많은 생각
미워하고 상처 준 이들
더 이상 미워하지 않으리
모두 용서해 주리라
아끼고 사랑했던 이들
감사하고 행복했습니다
마지막 축복의 기도로
다시 못 깰지 모를
무의식의 세계로 빠져든다

하나님의 은총으로
긴 잠에서 깨어났다
다시 세상을 볼 수 있어
너무나 감사합니다
아직도 해야 할 일
많이 남아 있어요
비우려도 비워지지 않는
쌓여진 사심 털어낼게요
새로 얻는 내 삶
모두 내어놓고 나눌게요

이 삶 다할 때까지
미움과 원망 떨쳐내고
용서와 사랑이란 단어
가슴에 안고 꿈꾼다
삶과 죽음의 경계
이승을 떠나기 직전에야
모두 내릴 수 있어
마지막 순간 눈 감으며
미련 없이 편안하게
미소 지으며 떠나렵니다

우리의 세상

# 자유를 찾아

어둠의 그림자 드리운다
억누르는 삶의 무게
아무리 떠올려도
나타나지 않는 허무함
허공 속을 휘젓는 손사래
야심 찬 혼을 담았건만
그늘에 가린 서글픔이여
그녀도 그랬고
그이도 그랬다
타협 없는 나만의 세계
빛바랜 기억으로
눈물만 글썽인다

오늘도 배가 고프다
빵 한 조각 컵라면으로
끼니 때우며
현실의 비애를 마음껏 맛본다
가슴 저미는 아픈 기억들
모든 것 바친 생애

빛 못 보고 떠난 창조자들
무거운 짐 내리고
자유 찾아 떠나가
오히려 비워서
홀가분해진 마음으로
진정 굴레를 벗었습니다

차라리 겪지 않았던들
작은 세계 작은 꿈 안고
누렸을 단란한 삶…
더 높은 곳을 향해
숨 고르지 않고 가야 했던
끊이지 않는 고통의 세월
잡히지 않는 눈물의 나날
회의와 자괴감이 나를 지배해
싫다 모든 게 싫어
나만의 것을 찾아
자유로운 영혼을 찾아
가고 싶은 어디라도 갈 테야

우리의 세상

# 사랑하는 당신께

사랑한단 말
쑥스럽지 않아요
보고 싶단 말
감추기 싫어요
진정 당신을
사랑하기 때문입니다

사랑해요 당신
보고파요 당신
가까이 가면
멀어지려 하는 당신
너무 미워요
너무 야속해요

그래도 그런 당신
너무나 사랑합니다
너무도 소중합니다
무조건 사랑합니다
지금껏 당신과
살아온 이유입니다

그리워 외롭습니다
보고파 슬픕니다
뜨거워진 눈시울
혼자 감추며
밤하늘 별 보며
당신을 그려 봅니다

갸름하고 창백한
조각달 얼굴
곧 터뜨릴 것 같은
반짝이는 눈망울
다가가 안아 드릴게요
제 품에 들어오세요

당신을 사랑하기에
언제 어디서나
따뜻하고 든든한
가슴이 되어 드릴게요
사랑합니다 당신을
하늘만큼 땅만큼…

우리의 세상

# 그때 그 소녀

조용히
묵묵하게
늘 웃음 지으며
내 일처럼 도와준
마음 한편에 남아
간간히 떠오르는 그녀

연민을 느낀 건가?
소녀 가장의 중압감
아픔은 모두 그녀의 몫
홀로 안고
꿋꿋하게 견뎌낸
기억에 남아 있는 소녀

희망 찾아

굴레 짊어진 채

일찍이도 내딛은 험한 세상

어딘가 잘 살고 있을 그녀

긴 세월 지나서야

고마움을 전하네

우리의 세상

# 더워라

푹푹 찌는 더위
달리 표현할 말이 없네
발바닥에 전달되는 지열
온몸 기운 다 빠져나가

습한 열기 탓인가?
비릿하고 후지근한 둔치길
참새 비둘기 까치 왜가리
저마다 가쁜 숨 토해 낸다

다리 밑 할아버지의 부채질
웃통 드러내며
더위를 피해 보지만
보기만 해도 더 더워져

신천 둔치 무료 야외 수영장
물이 보이지 않을 만큼
빽빽이 차 있는 아이들
마냥 신나서 소리 지른다

제대로의 참 더위
흘러내리는 땀방울
후끈거리는 대프리카
이 도시가 정말 야속해

우리의 세상

# 출생

그림 그리고 덧칠해도
품은 혼 담기질 않아
그리다 찢어 버리고
붓과 물감만 나무란다

초벌구이 예비작들
유약 발라 구운 정성
담기지 않은 영혼
모두 다 깨어 버린다

몇 날 며칠 쥐어짜도
떠오르지 않는 한 단어
혼란한 머리만 흔들며
자괴감에 빠져 괴로워한다

늪에 빠져 흐느적 흐느적
불현듯 떠오르는 한마디
침울한 나날 떨쳐내고
환희로 맞는 출산의 고통…

# 먹구름

먹구름이 뭉쳐져
온 하늘을 삼키고 있다
훤한 대낮이
흙빛으로 변해 버렸어

왠지 모를 두려움
억눌린 마음 지울 수 없어
절대자의 노여움인가?
요정들의 심술인가?

쏟아지는 빗방울에
곪은 상처 농 빠지듯
쌓인 시름 사라지고
맺힌 응어리 씻겨 나간다

요란한 천둥 번개
죄지은 자 더 무섭고
선한 자 더 후련하게
장대비 마구 뿌려다오

우리의 세상

# 지게

어릴 적 시골 고향
지게 짊어진 아저씨
나무 한 짐 가득 싣고
땀이 뻘뻘
몸은 무거워도
겨울밤 따뜻한 가족을 위해…
지금은
세월이 지나
골동품이 될 만큼
우리 생활에서 사라져 버렸어

어느 날
찾아온 환자 한 분
손수 만든
조그마한 장식용 지게 하나
잊고 있었던
옛 향수가 되살아나
한 짐 짊어진 아저씨
정성을 담은 환자
지게에 담긴
아련한 기억이 떠올라

하루 한 편의
비포장길 완행 버스
방학 때 찾은 외갓집
무료한 시간 보내려
짊어진 지게
옻나무만 한 짐 가득
모두 놀라 피하고
우쭐했던 발걸음이
당황스러운 순간이 된
잊지 못할 추억의 에피소드

우리의 세상

# 세월

인생은 항해하는 배
풍랑 만나 제자리 맴돈
폐선의 운명을 기다리는 배
세상 모두를 둘러보며
끝없이 항해하는 배
같은 세월 보내며
서로 다른 운명
정체된 의미 없는 삶
새로운 도전을 기다리는
의욕이 넘치는 삶

젊음과 기성세대의 조화
과거에 매인 고루한 사고
제대로 나이 먹은 자와
그렇지 않은 자의 차이다
백발과 주름은 세월의 흐름일 뿐
인생살이 가늠이 되지 않아
자신의 모든 생각과 판단
이해해 주리라며 합리화할 뿐
과감히 벗어나야
바뀐 세상 새롭게 살 수 있어

줄어든 개인사
공감 가는 공통사
진정 세월을 잡는 것이다
바보는 아예 모르거나
내 것만 옳다고 고집하기에
맹목적인 광신자와 같아
현인은 자기주장을 아끼며
혹시 모를 아집과 독선을 경계하며
새로운 삶을 위해
끊임없이 타협하고 준비한다

우리의 세상

## 神과 信

옷깃을 스쳐도
전생에 천 번을 만나야
가능한 인연이라고
소중한 만남
그중에도 심금을 터놓는
모두를 줄 수 있는 그대
사랑하는 당신이 神입니다

모두 내어 줄 수 있는 사람
또 다른 이가 있을까?
생각할 수 없어요
그것은
영혼이 없는 사랑
잡아도 잡히지 않는
사막의 신기루일 뿐…

당신은 信입니다
불신의 늪에 빠지지 않게
서로의 손을 꼭 잡아요
당신을 통한 이 안정
信을 지켜야 하는 이유입니다
神과 信을 받들어
행복의 계단을 걸어갑니다

우리의 세상

# 탈 탈 탈 털린 뇌

몇 날 며칠 씨름했다
흘러나오는 소재거리
뇌가 시키는 대로
펜이 굴러가는 대로
빠져든 상상의 나래

수많은 꿈을 꾸며
주인공 된 양
긴장과 박진감 속에서
도취된 자아를 비웃듯
깨어 버린 몽환의 여운

다시 또 글로 옮긴다
잊어버린 꿈을 찾아
쥐어짠 머리
움켜쥔 두 손
탈 탈 탈 털린 뇌

몽롱해진 두 눈
비워진 잡념의 그릇
의식과 무의식의 경계
흐리멍덩 멍한 기분
무아지경이 이런 건가?

우리의 세상

# 백수의 꿈 1

오늘도 하루해가 저물었다
시계에 줄이 달렸나?
하루가 이다지도 길었던가?
하는 일 없이 빈둥거리니
시간이 가질 않아
하루 일과 밥 세끼 먹는 것
일 안 하고 밥만 먹으니
살은 통실통실
머리를 쓰지 않으니
돌머리 되어 가는 무력감

굶지 말라며 준비해 둔
따뜻한 엄마의 정성
못난 백수 굶을까 봐
여전히 자식 걱정
늦게까지 바깥일 하며
오로지 내 새끼 걱정
효도는 꿈도 안 꿔
제발 직장 구해
결혼하고 독립하길
간절히 빌고 또 빈다

엄마 손길 느끼며
밥그릇은 엄마 얼굴
국그릇은 엄마의 마음
한 술 한 술 뜰 때마다
눈물이 뚝 뚝 뚝
이제야 깨닫는다
무한한 엄마의 사랑
해야 할 일 너무 많아
닥치는 대로 일하리라
지금부터 시작이다

우리의 세상

# 백수의 꿈 2

나도 몰래 이끌린 백수
빈둥빈둥 뒹굴뒹굴
남는 게 시간이니
꽉 메운 헛된 망상
오늘은 어떻게 보낼까?
어디를 가 볼까?
누구를 만나 볼까?
갈 데도 만날 이도 없어
이 생각 저 생각에
눈꺼풀이 무거워진다

꿈에 만난 예쁜 선녀
잘생기고
능력 있는데
발현되지 않아 아쉽다며
무엇이든 찾아 보면
보이지 않던 길 보이고
그리던 여인 나타난다며
따라오지 말라며
손 흔들며 사라졌어
선녀님 선녀님 가지 마세요

두 손 휘저으며
꿈에서 깨어났어
입가엔 침이 흥건
선녀의 여운은 계속…
탈출하자 좁은 방구석
뛰어나가자 삶의 현장
눈높이 낮추고 나니
할 일이 많아졌어
아직도 늦지 않다
이제부터 시작이야

# 그녀를 보내며

늘 마음속에 자리하는
내 젊음 불태운 곳
흰색 소형 오토바이
퇴근 후 단칸 셋방
푸근한 시골 인심
운명이 되어 버린 내 님
보내야만 하는 아쉬움
찬바람 가르며
어두운 밤 함께 탄 오토바이
허리 꽉 껴안은 그녀
남부러울 게 없었어

아쉬워 손 흔들며

멀리 골짜기 너머

버스 불빛 사라질 때까지

창가에 앉아

보건지소를 향하는

오토바이 불빛 사라질 때까지

서로를 생각하며

마냥 행복했던 그 시절

그리워진다

지금도 그 길 지날 때마다

떠오르는 감미로운 순간들…

우리의 세상

# 아름다운 세상

해맑은 웃음 지어도
평생 안고 온 신경통
고통은 나태하지 말라는
하나님의 계시라 믿으며
사도신경 주기도문으로
참고 또 이겨낸다

평생을 비우며 살았건만
인간이기에
쌓이는 편견의 벽
허물고 나니
다가오는 따뜻한 감동
아름다운 세상이어라

참기만 했던 아픈 나날
어설픈 미련인가?
우직한 믿음인가?
시험에서 벗어나고픈
간절한 마음
마음을 여니 용기가 생긴다

기도하면 길이 열린다
예쁜 글 읽으며
고통도 사라져 간다
내 손 잡는 이에게
축복의 기도로
가진 것 모두 함께 나누리…

우리의 세상

# 가을이 되어

서산을 갓 넘긴 해그름
오늘도 혼자만의 가을길
꺼져가는 노을빛을 바라본다
그녀와 함께한
봄꽃길이 엊그제인데
국화향 드리우며
코스모스 한들거리는
깊어가는 가을을 노래한다

두 뺨 스치는 가을바람
들녘 일렁이는 황금물결
긴 대열 이루는 기러기 떼
어둑해지는 하늘을 수놓는다
눈길이 절로 끌려가는
먼 산 울긋불긋 단풍나무
자연을 벗 삼아 걸으며
한 해의 발자취를 더듬어 본다

매년 바라보는 가을저녁
내가 변하는가?
산과 들 자연이 변하는가?
겪었던 수많은 일들
기쁨과 그리움보다
슬픔과 아쉬움이 더 커
사랑하는 모든 이에게
희망과 꿈 함께 나누리

우리의 세상

# 우산 속에 가둔 사랑

주룩주룩 하염없이
장대비가 쏟아진다
빗속을 거닐며
다 적신 어깨 위로
꼬옥 움켜쥔 손
따뜻한 온기
달콤한 사랑을 나누며
이 순간의 행복을 느낀다
팔짱 꼬옥 낀 그녀
오래도록 걷고 싶다
서로의 체온을 느끼며
심장은 뜨겁게 타 오른다

아쉬움 뒤로한 채
미련 없이 돌아선 아픔
그녀를 보내야 한다
시간이 멈춰 버렸으면…
뒤돌아서선 안 돼
헤어지기 너무 힘들어
눈물을 흘렸지만
보여 주고 싶지 않아
사랑하기에 보내야 해
미련도 아픔도 잊으리라
비가 오면 생각나는
우산 속에 가둔 사랑이여!

# 나의 공주님

웃는 듯 마는 듯
가느다란 미소
마주치는 눈빛
다가오는 걸음걸음
반가워서 내미는 희고 가는 손
따스히 느껴지는 체온
그녀의 다정한 숨결

그녀는 누구인가?
잊으려 하면 더 간절히
떠오르는 그녀

그리워 외로워 눈물 흘린
숱한 나날들
내 마음의 여인이여!
그녀는 심술쟁이
내가 쌓은 궁궐을 사뿐사뿐 거니는
우아한 움직임

나를 부르는 미소, 손짓
그녀는 공주인가?
아!
나는 그녀의 하인입니다

우리의 세상

# 옥상에 올라

하루 몇 번씩 올라
시시각각 변하는
하늘을 바라본다
사계절 직접 느끼는
나 혼자 즐기는
사방 탁 트인 공간이다

동쪽을 보면
멀리 교회 첨탑 십자가들
위를 받치는 높푸른 하늘
천주교회 장로교회 성결교회
하느님 구원을 꿈꾸며
나도 모르게 두 손 모은다

남쪽을 보면
사라온 이야기 마을
뒤의 경찰서 통신탑
바다처럼 넓은
청명하고 짙푸른 하늘
그 위를 나는 비둘기 떼

서쪽을 보면
저녁노을의 황홀함
매일 봐도
벅차오르는 가슴
작은 내 존재 깨닫고
혼자 서서
소우주의 경외감을 느낀다

북쪽을 바라보면
산등성이 너머 상상의 세계
동서남의 따뜻한 기운
북의 무겁고 차가운 기운
서로 조화되어
내 가슴 후련히 씻어 준다

온 세상 바라보며
쌓인 상념 털어내고
매일 보는 달 구름 별
사방 둘러보며
눈에 잡힌 뜻밖의 선경
축복받은 하늘의 선물인가?

우리의 세상

# 층간소음

팔공빌라 맨 위층
아이들과 행복했던 나날들
이 세상 모두를 얻은 양
매일 매일 신났어
귀여운 두 딸
매달리고 업히고
놀이하느라 정신없다
구르고 뛰고
쿵쿵거리기 일쑤

세월이 지나
아래층으로 이사 온 후
위층의 발자국 소리
의자 움직이는 소리
청소기 세탁기 소리
위층 살 때 몰랐던
신경 쓰이는 층간소음
아랫집에 준 피해
이제야 깨닫는다

저벅저벅 콩콩콩
오히려 귀엽다고
예뻐해 주신 정다웠던 분들
따뜻한 시골 인심
아직도 남아 있는 이웃들
간간히 떠오르는
미안했던 순간순간
긴 세월이 흘러
고마움에 가슴 울립니다

우리의 세상

# 베개 옆의 노트와 펜

넘치는 자신감
잘난 멋에 산다
인정받고픈 욕망
지칠 줄 모르는 야망
누구보다 더 큰 의욕과 열의
두려울 게 없어
새로운 세상의 호기심과 도전
삶의 원동력이고
잠 못 이룬 수많은 나날들
꿈을 펼치는 동력이다

이 순간
할 수 있는 많은 일들
아름답고 신비로운 세상
못 보고 지나친 일들…
가만히 그리고
지그시 눈 감고
홀로 기대어 앉아
오늘 했던 일과
내일 해야 할 일을
마음껏 그려 보고 상상한다

자다가도 깨어나
현실과 비현실의 경계에서
담지 못한 그 무엇에 이끌려
베개 곁의 펜을 쥐어 본다
사라져 버리는 꿈의 세계…
상상 공상 망상 영감
마음껏 그리고 느낀다
오로지 나만의 세상
오늘도
혼자만의 자유를 맘껏 누린다

# 산다는 것

펼쳐질 꿈의 나래
어둠속 풍랑
두려워도 헤쳐 나간다
큰 꿈 가슴에 안고
보이지 않는 긴 여정
타는 목마름
가슴에 안은 채
흔들림 없이
꿋꿋하게 걸어간다

어디까지 왔을까?
눈앞의
단조롭고 평범한 삶
안주해선 안 돼
목표물을 향한
간절한 소망
기회가 왔을 때
망설임 없이 시도해야 해
시간은 기다려 주지 않아

더 높이

더 멀리

광활한 대지를 날아간다

눈앞의 새로운 세상

끝없는 도전

때론,

어린아이처럼

거짓 없는 순수함으로

헤쳐 나가리라


가야 할 인생길

밋밋한 삶이 싫어

뛰쳐나왔다

도처에 숨은 암초

이겨내리라

더 이상 두렵지 않아

쏟아낸 피와 땀

고통 없는 영광은 없어

다가오는 희망의 삶


우리의 세상

# 흰 환삼덩굴

늘 거추장스런
불필요한 존재
잡초로만 인식되어
걷어내고 잘라내어
못 자라게 파헤쳐도
시간 지나면 금방 가득

내가 걷는
골목길 빈 공터
숲을 이룬 환삼덩굴
모질게 자라고 자라
주위 식물 다 점령하고
온 천지 차지한 정복자

천덕꾸러기였던 너
녹색 덩굴 속
흰 환삼덩굴
묘한 색 대비
눈길 끄는 예쁜 모습
이끌리는 발걸음

미운 존재였건만
자연의 일부 되어
산책길 친구 되고
눈과 마음 즐겁게 해
다음에도 희게 태어나
기다리는 벗이 되길…

우리의 세상

# 아직 끝나지 않았다


나라 잃고 힘없는 게 죄지
누구를 원망하랴…?
꿈 많은 소녀
돈 벌게 해 준다며 꾀어가
데려간 이름 모를 전장
사라진 인간의 존엄성
동물만 득실거리는
아니, 금수보다 못한 악마의 소굴
지옥도 그보단 나으리라
수많은 청춘 무참히 짓밟고도
양심의 가책 느끼지 않는 족속…

원한 가슴에 안은 채
불귀의 객이 되어
아직도 구천을 맴돌고 있는
고향 향한 우리의 소녀
광복의 기쁨도 잠시
민족의 희생양 되어
청춘을 버렸건만 외면당한 삶
매일 밤 악몽에 시달리다
고통의 세월로 평생을 살아왔다
제대로 사과 한 번 못 받고
떠나간 한 많은 우리의 할머니

잔혹한 범죄 저지르고도
뉘우치는 기색이 없어
오히려 기세등등한 야만인
수십 년 사과 요구했건만
사실 왜곡 은폐 거짓 부정
용서받지 못할 악행 끝이 없다
손바닥으로 하늘 가린들
그 죄가 사라질까?
너희가 안 바뀌면 우리가 바꾸련다
아직 끝나지 않았다
"기회를 줄게. 인간이 돼라!"[2]

---

2    영화 〈허스토리〉 대사 인용.

우리의 세상

# 제야의 종소리를 들으며
# 뜬 밤 지새우다

기해년 제야의 종소리가 울렸건만
또 한 해가 속절없이 지나가는구나
지난해 아쉬움 훌훌 털어 내고
새해의 기대와 희망을 노래 부르며
밝아 오는 신년을 맞이하던 부푼 마음
인생 후반부로 갈수록 속도가 붙어
더 이상 먹고 싶지 않은 유수 같은 세월
삭막해져 가는 현실을 슬퍼하며
그래도 앞만 보고 바쁘게 살아왔다

아침 해가 떠오른다
저 멀리 빈 가지의 느티나무 사이로
따뜻한 정기가 내게로 전해진다
매일 떠오르는 태양인데
오늘 색다르게 느껴지는 이유는 무엇일까?
교회 첨탑 뒤의 웅장하고 찬란한 기운
창세기 하나님의 손길처럼
세상이 처음 만들어지는 황홀감이 이럴까?
새해 시작과 더불어 희망과 기대를 꿈꾸어 본다

찬 공기를 가르며

당당히 솟아오르는 장엄한 붉은 햇살

온누리를 태우듯이

내 가슴 속에도 활활 타 오른다

어제도 오늘도 내일도

변함없이 태양은 뜨고 지는데

우리 가슴은 시도 때도 없이 수없이

밝아졌다 어두워졌다 수시로 변하네

찬란한 태양처럼 내 마음도 변함없이

활활 타 오르는 한 해가 되길 두 손 모아 빌어 본다

우리의 세상

# 참치잡이[3]

바닷가는 평생 삶의 터전
내가 가진 유일한 재주
나룻배를 이용한 참치잡이
망망대해
오로지 맨손과 낚싯줄로
참치와 사투를 벌인다
허탕 치기 일쑤
애타게 기다리는 가족
엄습하는 불안과 쓰라린 가슴

이번에야말로 끌고 가리라
걸렸다
손끝에 전달되는 전율
전달되는 극심한 통증
아픔을 잊은 채
줄을 당겼다 풀기를 한나절
드디어 굴복하고
수면 위로 드러낸 배
눈에 들어온 거대한 희생물

---

3    필리핀 맨손 참치잡이 어부를 생각하며 쓴 시.

만세! 만세! 내가 이겼다
우리 가족 한 달은 살았다
바로 이 맛이야
낚다가 줄 끊어질 때의 허탈함
빈손으로 돌아갈 때의 좌절
눈에 밟히는 어린 자식
손으로 감춘 흐르는 눈물
수없이 허탕 쳐도 이 한 방으로 끝
신이시여 감사합니다

우리의 세상

# 차마고도 천년 염정(鹽井)[4]


순결의 땅 티벳 차마고도
천 년을 이어 오며 갈망했던 염전
최근에야 내 것이 생겼다
하루 종일 소금우물에서 길어와
염전에 쏟아붓는 고된 노동
염전일이 배운 것의 전부
어깨에 걸친 찰랑거리는 염수통
가파른 계단을 오르내리며
평생 소금 캐며 살아왔다


여인의 일로 전통이 되어
감내해야 하는 애환의 땅
운명이라 여기며
어릴 적부터 당연하게 받아들인
건들건들 외줄 나무계단처럼
짊어진 소녀 가장의 무게
천직이라 생각하며
좋은 소금 채취해서
가족 부양만을 생각한다


---

4    차마고도 염전 소녀를 생각하며 쓴 시.

가슴 저미는 여인의 삶
소금을 쓸어 담을 때마다
피어오르는 옅은 미소
눈물과 땀으로 일군 도화염
무거워도 좋다 양식이 생겨…
수확이 많을수록 고통은 저 멀리
오늘도
염전이 사라질까 근심하며
삶의 터전 염전을 바라본다

우리의 세상

# 다부동 전적지

북괴가 일으킨 6·25 사변
잊고 사는 우리들
목숨 바쳐 지킨
호국영령들의 혼이 깃든
피로 물든 다부동 고지
절로 숙연해지고
고개가 숙여진다

전차 장갑차 탱크 박격포
처절했던 절규와 함성
쓰러져 간 전우 뒤로하고
앞으로 돌진
수도 없이
탈환 후퇴 거듭하며
끝내 지켰노라

수많은 무명용사들
당신의 희생으로
행복을 누리는 우리
이 강토 곳곳에 스며 있는
애국선열들의 충혼
잊지 않고 길이 받들어
굳건한 대한민국을 지키리

# EPILOGUE

매일 일기를 쓰긴 어렵지만 그날의 기억에 남는 순
간들을 메모로 남기는 습관을 갖게 되었다.

첫 시집 『고래의 꿈』과 마찬가지로 해석이 필요 없
는 시를 쓰고자 했으며 누구나 자투리 시간에 쉽게
읽고 공감할 수 있는 일상을 노래했다. 나의 시를 읽
으면 누구라도 시와 수필을 쓸 용기가 생긴다는 얘길
주위에서 종종 듣는다.

처음에는 다소 어색하게 느껴질지 모르나 반복하게
되면 자신감이 생기고 자기만의 특색 있는 색깔을 맛
보게 된다.

마음속에 담아두는 추억도 소중하지만 밖으로 표

출하는 용기는 함께 공유할 수 있는 더 값진 보물이다. 아무리 쉬운 일도 노력 없이 얻어지는 것은 없다. 반대로 아무리 힘들어도 노력해서 안 되는 일 또한 거의 없다. 무엇이든 할 수 있다는 용기와 노력, 긍정적인 마인드를 가지면 안 보이던 길이 열리고 간절히 원하는 자에게 기회가 돌아가며, 열심히 하는 자세가 되었을 때 행운의 여신도 함께 찾아오지만 '준비가 되지 않은 자에겐 행운의 여신도 문으로 들어 왔다가 그냥 창문으로 나가 버린다'는 그리스 신화의 한 구절이 가슴에 와닿는다.

『고래의 꿈』에서처럼 나의 모든 시를 다 읽고 함께 느끼며 선별 작업을 도와주신 서제교 원장님과 오랜 친구 전영훈 님께 진심으로 감사의 말씀 전한다.

2019년 1월
이광렬